纺着春日的碎浪

曾贤霜 著

陕西新华出版
太白文艺出版社·西安

图书在版编目（CIP）数据

纺着春日的碎浪 / 曾贤霜著 . -- 西安 : 太白文艺出版社 , 2025. 2. -- (诗意彩虹). -- ISBN 978-7-5513-2917-0

Ⅰ. I227

中国国家版本馆 CIP 数据核字第 2025EQ4112 号

纺着春日的碎浪
FANG ZHE CHUNRI DE SUILANG

作　　者　曾贤霜
责任编辑　汤　阳
封面设计　麦　平
版式设计　陈国梁
出版发行　太白文艺出版社
经　　销　新华书店
印　　刷　武汉鑫佳捷印务有限公司
开　　本　880mm × 1230mm　1/32
字　　数　120 千字
印　　张　5.5
版　　次　2025 年 2 月第 1 版
印　　次　2025 年 2 月第 1 次印刷
书　　号　ISBN 978-7-5513-2917-0
定　　价　388.00 元（全 7 册）

联系电话 : 029-81206800
出版社地址 : 西安市曲江新区登高路 1388 号 (邮编 :710061)
营销中心电话 :029-87277748　029-87217872

他序

用心灵发出的歌唱

◎阿　翔

在阅读曾贤霜的诗之前，对这位年轻的女诗人完全处于一无所知的状态，只知道她在龙华，一直任教。甚至我善意地猜测，来龙华之前，写诗可能是她青春期最好的出处，是诗酒趁年华的姿态。直到曾贤霜来龙华后提交的一组作品，令人耳目一新，带来惊艳之感，体现出她的一种从容超脱，不附庸、不盲从，如清水出芙蓉，不去刻意追求哪种“主义”。

写什么，怎样写，都应该听命于缪斯的召唤。因此，在多元化呈现的世界，诗人需要知道的不是应该写什么，而是自己想写什么、能写什么、善于写什么。只要是真正用心灵发出的歌唱，就必然能唤起另一些心灵的共鸣。你只要按照灵魂的需要去表达就够了。曾贤霜在写作上就是这样的人。正是这种对于“美”的无功利目的的表现的冲动，才使她的诗独具魅力。

需要说明，曾贤霜是一位女诗人，但她在诗中并不刻意强调自己的女性身份，只是让一种独特的女性精神在诗歌中自然地渗透。发出的既不是谦卑造作的小情小调，也不是桀骜的女权主义声音，更不是令人瞠目结舌的身体主义话语，而是像冰心说的那样“一个人要先想到自己是一个人，然后想到自己是个女人或男人”。她在诗中承认“我用整个孱弱的生命买了两杯鲜榨橙汁／一杯给我，另一杯给过去的自己”（《细水长流》），于是可以心平气和地做人，心平气和地言说着心事，而我们不过是这些自白的聆听者而已。

在曾贤霜的诗中，飞扬的思绪很大程度上依托的就是意象的翅膀。吴思敬在《心理诗学》中认为，诗人创作时的心理状态与人在梦中的心理状态相似。它们呈现的都是主观体验的世界。扶桑的诗是体验型的，就像她诗中的“时间蓄水池”，在正午打水漂划出一道道明晃晃的水光，暗流进出的声音呼应着周围的世界。如同梦境是现实沉积在心中反射的镜面，曾贤霜面对世界闭上眼睛却打开了心，歌唱心灵触摸到的世界的影像。她写“无数场雨蓄积着我的丰盈”的鸟和鱼的过客、树的倒影、世界在一片叶子上写下绿色的诗句……这一切外物在曾贤霜温静的眼波里被浣洗得澄澈、平和而满含深情。这是曾贤霜的世界，通过把感觉诉诸具象，让由此形成的意象成为负载着情思在虚实间穿越飞翔的精灵。

曾贤霜的诗在意象的具体生成中，具有一定的个性特点。一是用人格化意象表现抽象思维，二是意象的冷调风格趋向。同样，曾贤霜在诗中喜欢给抽象之物赋予人格化的生命。岁月、青春、灵感、痛苦、悲喜，这些不可捉摸、虚无缥缈的概念，在曾贤霜的诗中，都以鲜活灵动的具体生命形象出现。如“生活就是一次次灌满开水／一次次灌满生命的力量／上上下下／灌满了岁月”（《岁月沸腾》），以生命为壶，她储藏自己生命的热量。而《交换时光》中，“你穿着妈妈过去的衣服／妈妈穿你的衣服”，她和妈妈交换着彼此的时光。再如“树成群的像流水一样朝我脑后流去／你的声音一圈一圈锁扣住我／逃离的心／我们的时光郁郁葱葱／从郁郁葱葱里吹送出几首曲子／时时刻刻都在送别郁郁葱葱／时光流转于绿叶间”（《黄昏时刻》）。诗人创作中灵感的流转与时光的灵活、迅疾、稍纵即逝的特征相契合，从而把这种极难捕捉的思维现象，具体地展现在诗中。而“想到年轻时／为着车窗外的某朵乌云而／高声呼喊／而今，你只关上车窗／任由雨声在外嘶喊”，被描述成年少热血，被现实打回成一个苍白而无奈的形象。“我喜欢凝望一切我怀疑的事物／我善于释放我的歌声”，与其说是凝视她身边的一切，不如说她是在凝视自我，“我用我灵活的骨骼隐藏一切”（《一万年》），作者出其不意地将一幅“深谙大地之声”的新女性的肖像，表现得婉转曲折又淋漓尽致。

这种拟人化意象的运用，造成诗境的惝恍迷离、亦真亦幻，使读者在一片梦境般的氛围里感受诗的韵味。

在这一组诗中，曾贤霜明显地做出要把诗歌题材向更广阔天地扩展的努力，主要表现在更多地去歌唱自然，更广泛地从存在的角度去关注人的命运，等等。例如，《深夜的眼睛从来不凝视我的心》《午睡醒来的时刻》《等待》这些诗中，诗人把笔触尽力伸向对自然的礼赞和对平凡事物的意义的探寻领域。在更年轻的诗人面前，我不屑于好为人师，更愿意以同行者的身份与之共勉。

（阿翔，生于20世纪70年代。1986年开始写作，著有《少年诗》《一切流逝完好如初》《一首诗的战栗》《旧叙事与星辰造梦师》等诗集。参与编选《70后诗选编》（上下卷）、《中国新诗百年大系·安徽卷》《深圳30年新诗选》等。）

海洋城市，诗的开放试验场

◎古昊鑫

曾贤霜成长于四川省的一个小山村，她似乎应该回到那个生她哺育她的乡村，却毅然奔向了特区深圳，并且选择了最具包容气质的龙华从事教育工作。她曾经说：“如果不来到这个城市，我不可能见到黄灿然、陈东东、韩东、余真……这些诗人，我无数个夜晚曾经以诗为媒介神交的灵魂。”是的，开放包容的大城市，吸引了无数志同道合的人前来，而她的诗歌，也必然同她的生命轨迹一样，在保持川渝田园诗底色的同时，慢慢沾染上海洋城市的气质。

她在《去看海》中写道：在陌生的窗外清醒／喘息着海的重生／每次海风一吹／生命里共有的疼痛／与悲欢，突然都安静了。在女性主义和女性写作流行的大背景下，她对于自我生命的反刍，没有只局限于女性性别，而是站在整个人类的视角上，对“在别处生活”的经验进行吸收，试图从与家乡山村迥异的海洋城市深圳中挖掘诗意，“突然都安静了”，颇似王维的“人闲桂花落，夜静春山空”的意境。

《隔绝》写道：城市里的花可以开得／川流不息／似乎永远没有冬季／它的摆放完美得无人欣赏……城市代表着极其丰富的物质生活，天南海北的美食、琳琅满目的货物，就连花，似乎都可以不遵从自然规律，永远装点着街区，而在这看似完美的景观后潜藏着作者反思的眼睛——“如果不想出来见我／那你又放下长长的爬山虎干什么”，丰富的物质生活背后潜藏着一个个城市灵魂的寂寞，精神的空虚又让人联想到过去蝉声交响的“夏季”，那是潜藏在每个城市人心底的“精神家园”。此外，在她的许多作品中，都出现了海洋城市与山村同构化的生活意象：渔舟、月光、绿草、雨滴、琴音、田野、稻子、藕丝。不要说城市缺乏这些诗情画意，至少，在深圳，这个重视精神文化建设的城市有许多令人陶醉的自然景观。

《为了》八组对比鲜明的复句组成了排比，作者的视野更为广阔，她试图在万事万物中发现诗意，反思诗的作用：田野为了寂寞踏歌，树为了秋天的凋落等待，泉为了大海流泪……

踏歌，等待，流泪是为了什么？文本并没有给出足够具体的暗示，但却将客观物象赋予了人的情感，这无疑是将人的欢乐、痛苦等多样的情感与自然万物融合，而最后一句“诗在流波撑船／为了人的庸常生活”，开始思考“创作、欣赏诗和艺术”这样脱离实际功用的审美活动对生活的作用，这是元诗歌的写作，即谈论诗歌本身的诗歌。

最后，笔者化用《路边摊》的句子作为文章的结尾：默会一种单纯／确认一种守望／城市中的诗意／如水流潺潺／手入水中／柔顺清凉。城市文明充斥的消费主义和敷衍雷同的审美品位复制，将人变得越来越单向度，而我们可以借助曾贤霜善于观察的眼睛，捕捉到独特、不同的生命诗意。

（古昊鑫，1996 年生于陕西延安，深圳市南山外国语学校高中语文教师，比较文学硕士，深圳市作协会员。作品散见于《美文》《星星》等刊物。）

霜花落地，此去经年

◎南　坡

前不久，在读作家李娟的书，我忽然明白了为什么贤霜这么长时间依然坚持笔耕不辍。据我所知，她没有玩游戏的嗜好，这点难能可贵。我记得贤霜曾说过一句话：要读书，时间是永远不够的。这句话大概也能影响我的一生。诗人抑或是文人有时候不经意的一句话是那么的饱含哲理。

我总感觉贤霜和李娟有着无穷尽的相似处，例如她们的文风、笔法、对事物的乐观态度……果不其然，细究之下，我发现她们俩原来是四川老乡，老家相隔不过百里。不愧都是东坡的小老乡，豁达且有文采。当然，这不是奉承，这是我细读她们俩作品后的感悟。

贤霜能把写作当作一种人生态度，对生活不抱怨，对未来不担忧，对过去不后悔，对现在不将就。

四川，这片神奇的土地，自古以来便是文人墨客辈出之地。司马相如以其华丽的辞赋，奏响了蜀地文学的先声。他的《子虚赋》《上林赋》，气势恢宏，展现了大汉的盛世气象，也让蜀地的文化底蕴在历史的长河中留下了浓墨重彩的一笔。

扬雄，这位同样来自四川的文学大家，以其深邃的思想和独特的文风，为蜀地文化增添了厚重的内涵。

而说起四川的文化名人，又怎能不提及李白和杜甫这两颗璀璨的诗坛巨星。李白，这位出生于蜀地的浪漫诗人，其诗句“蜀道之难，难于上青天”，以夸张豪迈的笔触，道出了蜀地山川的险峻奇伟，也抒发了他对故乡山水的深深眷恋。杜甫在蜀地的岁月里，留下了诸多脍炙人口的诗篇。他的《春夜喜雨》：“好雨知时节，当春乃发生”，描绘出蜀地春雨的温润与生机，饱含着对这片土地的深厚情谊。

苏东坡，这位从四川走出的文学巨匠，更是以其豁达乐观的人生态度和卓越的文学才华，成为四川文化的杰出代表。他的诗词文章，无论是“大江东去，浪淘尽，千古风流人物”的豪迈，还是“竹杖芒鞋轻胜马，谁怕？一蓑烟雨任平生”的洒脱，都彰显了蜀地文人的豪迈与旷达。

巴金先生以其深沉的笔触和对人性的深刻洞察，为中国现代文学贡献了宝贵的财富。

人啊，总得有点爱好，除了营生。我经常刷到贤霜的朋友圈和视频，有时候能被她的文字话语触动到愣神儿。虽然岁月褶皱，任凭你们这些文学匠们熨烫平整。文字、文学的力量是无穷的。任何伟大、渺小的事物都可以娓娓道来，这是文学家、史学家、诗人的魅力所在，也是思想家，艺术家们的力量源泉。

在贤霜的作品里，我看到了对人性的关怀，对社会现象的深刻洞察。她从不刻意迎合大众的口味，而是坚守着内心的那份真实与纯粹。这种坚持，在如今浮躁的社会中，显得尤为珍贵。

我想，正是因为有着像贤霜这样的写作者，我们的文学世界才会如此丰富多彩。期待她能在未来的创作道路上，继续绽放光芒，为我们带来更多触动心灵的作品。

我印象中的小贤和她的诗歌情缘

◎阿　佳

我和小贤是高中的时候认识的。高一下学期文理分科后，我们俩到了同一个班级，同一个宿舍。最初接触她的时候，就觉得她身上有着浓浓的文学味儿，同时她又一直坚持在我们那个四川小县城的高中班级里说普通话，这更让我觉得她像个文艺青年了。我们俩刚认识没多久便成了很好的朋友。正所谓相见恨晚，认识之后，我们每天都有聊不完的话题，有时候午睡时，我们还躺在一张床上聊天。当然，这在当时给其他室友造成了不少困扰，我们也因为说话而被宿管阿姨扣了寝室分，被班主任惩罚打扫教室。

现在想想，当时聊的话题有很多，对人生的看法，对某个小说人物的评价，对某部电影中细节的讨论等。我非常喜欢电影，而她非常喜欢文学。我们俩不同而又有共通之处的兴趣爱好让我们不断地靠近。但是当时，我的印象只停留在她热爱文学，并未发现她对诗歌有着如此独特而执着的追求。

她独特的写诗才华的展现，我感觉应该是在高三那一年。那年，班主任为了鼓舞大家的士气，让喜欢文学的同学自行创作班级高考誓词，最后由大家票选决定。当时，小贤和语文课代表的誓词是最受欢迎的，而最后，小贤摘得了“桂冠”。

誓词的内容现在我就记得一句——“大风起兮云飞扬”，小贤拟古创诗，让整篇誓词充满气势。现在每每想起高三冲刺的那一段时间，脑海里都会浮现大家一起举着右手齐声诵读誓词的画面。小贤的诗句就是有这样的魅力，即使现在我早已忘却了具体内容，但回想起时，那文字带来的情感激荡仍会重现。

另一件发生在高三冲刺阶段的事情，是小贤为了缓解备考压力而选择每天晚自习结束后，在学校路灯下吟诵几首食指的诗。在大家都恨不得争分夺秒地学习时，小贤依然能够坚持对诗歌的热爱，哪怕是最后需要快速跑回宿舍，她也会先背上几首再走。想起这个场景时，我不禁再次羡慕小贤，羡慕她在我们都懵懂迷茫的时刻，准确地找到了自己所热爱的事物——诗歌，并且一直坚持自己的这份热爱。

找到自己喜欢的事情，于我而言，就像是找到了一处避风港。不管在外面遇到了多大的风浪，回到自己热爱的事情上，心便有了可以暂时歇息的时刻。我想，当年那个站在昏黄的灯光下大声吟诵诗歌的小女孩，一定也会觉得那是那段焦虑不安的生活中最美好的时刻吧。

读大学之后，我们到了不同的城市。小贤去了陕西师范大学文学院。我想，文学院浓厚的人文历史氛围，一定再次影响了小贤的诗歌创作。大学时期，小贤有了更多的空闲时间用于诗歌创作，我想那个阶段她应该创作了很多诗歌，她还创建了一个公众号，用于诗歌分享。

疫情防控期间，我们都被隔离在家，她便开始每天跟我分享古今中外的诗歌名篇。那段时间，本来对诗歌没有太大兴趣的我，也在小贤的影响下开始每天读诗、抄诗。伴着典雅的音乐，我也感受到了诗歌所带来的宁静。

很多时候，小贤本人给我的感受也是如此，平静如山间温柔的风，总能抚慰我焦躁不安的心。而她的诗歌也有着这样的力量，慰藉着每一个它所遇见的灵魂。

我对诗歌一直都没有特别大的兴趣，但我一直认为诗歌也是艺术的一部分，而艺术的终极目标便是情感表达。最好的艺术形式是见微知著的，你越能从平凡的事物中挖掘出人类共通的情感体验，就越能引起读者的共鸣。拍电影是如此，诗歌创作我想也是如此。在小贤的诗歌中，我感受到的是日常生活中的喜怒哀乐，朴实简单的文字却能深深地打动人心。

这是小贤即将出版的第一本诗集，虽然现在呈现在大家眼中的是一位年轻诗人写下的稚嫩诗篇，但我知道她在走到今天这一步之前，已经在诗歌这条道路上摸索前行了很长距离。我们看到的并不是她的创作起点，而只是她整个诗歌创作生涯中的一个节点。我相信，未来，她将会有更多作品被大家看到。让我们共同期待。

自序

和自己的诗歌的初见是一个自由的开端，那是17岁，我在日记本上写下我的第一首诗：

轻轻淡淡漫漫散散的云
你有何时不撩人羁绪
昏昏沉沉安安静静的树
在孤独的黄晕中睡去

——《我随风徘徊在堤岸》节选

那个黄昏的余晖温柔至极，正如文学博大而宽广的胸怀，像一位母亲，将时时感到潮湿和寒冷的我揽入怀中，那将是一生的暖，无限的爱，终身的情。我出生在四川盆地的一个小山村，那里四周的大山无限亲近，它怀抱着的山下的平原值得我永久地飞奔，享用不尽的阳光，啜饮不尽的雨露，兜不住的风，追不上的白云，转不完的田坝，一年四季吃不完的农作物。小溪藏在山里，只要你随着叮咚声就能找到；满山坡的橘子树，散发着橘子醉人的芳香；花生在地里饱满自己，它绿色的圆叶在早晨的空气中存一滴清凉之梦；池水在夏季猛涨，野鸟潜伏，从你背后悠然滑过。自然风物生养着我，自由而开阔的地平线使我痴醉，初升的太阳光芒万丈，为我披了一件金色的薄衣。

当我坐在开阔的天地望向寂静群山时，自然为我打开了心门，让我有一种强烈的写诗冲动。你永远不知道大山里有多少种植物在无声无息地疯长，成千上万的松柏，野草、野花、荞麦、油菜花在风中飘荡，即便没有风吹来，那绿的气息也足够摄人心魄。

我感觉到自己时时刻刻被自然宠溺着，我爱大山里的一切，我觉得他们都是我的知己，他们都是有生命的，且比人类的生命更加宽阔、豁达。热爱文学在一个层面上是热爱自然，热爱生命，热爱大千世界。幸福就在此刻，我在自然的怀中走过，儿时嬉笑的记忆犹在眼前。我耳畔是清风吹过树梢，脚边是泥土的芬芳，我仿佛听到了那是幸福，是绿，是灵动，是山。它指引了我的文学方向，文学不是未来，而是此时的每一分每一秒。叶子萧萧，我心安然，正好遇见你。大山，在你面前，一切都不算太糟。一切的绿，明暗分明，层层叠叠，疏密有致。静静的湖面，如波澜不惊的心。森林里充满着美丽的死亡，看细草如织，密密麻麻，所有的植物都在安静等待。绿在音乐里流动，清澈了我的眼眸，进而化为文字，化为清水，蓄满你整个生命的水。

除了在乡下的日子，进入高中，县城沿江的风景同样点染了我的生命，尤其是夜晚。有时夜色暗下来了，我走在县城空荡荡的街上，踏着婆娑斑驳的流影，晚风又来和我亲吻，她与柳儿合谋。杨柳枝条飘扬的倩影，似乎将我平静的水给荡漾了。那柳枝不是垂在河岸上，倒像是垂在我的心中，徐徐用柳叶抚慰我痛苦的心灵。河对岸就是县城璀璨的灯光，我在这灯光中初次感觉到繁华像夜晚明亮的眼睛，一次次凝视我。这种凝视的感觉让我成长，让我在内心的旋涡中获得片刻的宁静。在夜晚，叶子安静地投下她美丽的影子，鸟儿大概也是倦了，不闻一点儿声音，只有青蛙、蟋蟀是最热闹的。松柏的影子，在雨里是那样悠远而辽阔，一直延伸，延伸到我的心里。我为夜晚的芬芳而陶醉，并且获得一种生的勇气和拼搏的心。还有几次，我在县城的夜晚吹着江上的清风，那样让人心醉，这时短短的一瞬间的感悟和超脱就会向我袭来。

在自然中，时时有对生命的顿悟。我时常告诉自己：对生命的尊重就是对自己的尊重，你有你的挣脱和怀想，也应该想到，每个人在他生命中都有对他生命的理解和怀想，你要留意的不是他的笑脸，而是他的痛苦。每个人的人生都是一首诗，你要用自己的心来悟。植物的生命，个人的生命，国家的生命都是天地间独有而宝贵的馈赠，连同死亡。我爱这生命如同海子无限地热爱着花楸树，爱着今天的太阳、今天的鸟，我爱我生命中时时刻刻美妙的瞬间。

之后我开始访名山问碧水，存新景抚旧忆。24 岁的时候，我去了黄山。黄山真美，只可惜雾太大了，但心态最重要。即便是有雾，我也在西海大峡谷看得见秀美的山峰，坚韧而姿态万千的松树，壁立千仞的峡谷，怪石云山，也心满意足了。见了黄山，才了解国画里面山峰秀丽挺拔的线条，原来是真的，如画黄山，深情云雾。回来时即便坐过了站，也很开心步行了三公里路。一路上，见汤口镇小溪穿流而过，民宿饭店遍地，后山清幽，小雨阴湿而水汽笼罩，有一种回到成都的感觉。见柴木垒成的台阶，朴素的房居，高低起伏。到了夜里，镇上灯火通明，小溪潺潺，远离尘世，只见青山怀抱，不想高楼夕阳。我却感因祸得福，有缘得见如此悠闲的小镇，跟梦中的一样。华灯初上，倒温暖如春，驱退了些许寒气。

除了自然美景的博大打开着我的眼，阅读更像是我的凉被，让我依偎并成长。正如张爱玲说：“我们总是先看到海的图画，再遇见海。”我们总是先爱了，再考虑爱的理由。每爱上一种文学，我总是先不停地读，不停地读，从来没有刻意去追求或者强迫什么，什么都是自由的。读到《简·爱》才开始读《傲慢与偏见》《呼啸山庄》，进而才意识到我喜欢上了小说；读到《荷塘月色》《我与地坛》，继而每次借书必借柯灵和史铁生，才知道我又爱上了散文。诗歌，又何尝不是这样？从徐志摩的散文读到徐志摩的诗，我开始被这种抒情而又精练的表达吸引了，我开始读大量的诗集：徐志摩、海子、顾城、舒婷、食指、戈麦、骆一禾、陈冬冬，惠特曼、狄金森、叶芝、里尔克、纪伯伦、艾略特、华兹华斯……那个时候，秋冬春夏一有空闲时间总往县城图书馆跑。不能出校门时我就去高中图书馆，当时我读的高中是县城最好的高中，但县城高中非常注重成绩，学业压力很重，来图书馆的同学很少，甚至我进学校一年了，都不知道有图书馆的存在，后来是一个人在校园闲逛，偶然发现了门上几个旧旧的小字“县中图书馆”，字体灰暗无比，甚至有些笔画都剥落了。我好奇地推开门，是一间不大的房间，有三排书架，密密麻麻挤满了书，书上都落了很厚的灰尘，看来很少人来。图书管理员是个长相清秀的姐姐，偶尔来图书馆看一看，又去做别的事情了。这间小小的房间在我看来是多么的温馨。它不仅有王安忆的《长恨歌》，各种名家的散文集子，弗罗斯特的诗集，海子、顾城、舒婷的诗集，鲁迅、林语堂的文集，还存有好多本诺贝尔文学奖作家的作品。从此，我找到了一个精神栖息的地方，从大量的阅读中，我久久浸润在文学的世界中，并为这个世界而着迷。

因为爸爸妈妈工作的关系，暑假我每每都会到成都附近的小县城彭州，最喜欢的就是去当地的书店购买文学书，然后如饥似渴地读。就在那个时候，我读到了村上春树的小说，倍感震撼，十分喜欢；又读到了聂鲁达的诗，钱锺书的《围城》，阿来的《尘埃落定》，装在行李箱带回村里或学校一本一本地读。当时我还常常流连光顾高中县城的几家很不错的旧书店，里面有旧版的鲁迅的《狂人日记》，雨果的《悲惨世界》，三毛的《万水千山走遍》，张爱玲的《半生缘》，日本的俳句，各种各样的小说。我把自己喜欢的文学书都买了回来，一本一本地看。爱书、买书、读书，成了我青春期最享受的事情，我的青春因为有了文学的陪伴而丰盈自在。现在回想起来，那个时候，文学几乎是我的全部。

后来到了大学，毫不犹豫地读了汉语言文学专业。学中文的四年是我最幸福的四年。我暗暗窃喜，学校图书馆的整个一层都是文学类的书籍，比起高中的图书馆简直是海洋比之于小池塘。在图书馆中，我呼吸着文学，我感受着文学，我思考着文学。我近乎疯狂地阅读，囫囵吞枣。

从早上一直到图书馆闭馆，我沉浸在书籍的海洋。同时我也享受着课堂的每一分钟，我热爱着每一堂能学到知识的课程，尤其喜欢梁老师的文学写作课。我也在系统学习过文学之后，才更深层次地理解了文学，但也只是文学的冰山一角。文学使我深厚，我尤其喜欢诗歌，喜欢如水的诗句表达着深水中的静照。一次次的阅读，好像一次次翻滚灵动，我的整个青春之湖因为阅读而水波荡漾，泛起精神充盈的层层波纹。我需要一些深度的石头砸向我空洞的头脑，来平静脑中各种矛盾想法和彷徨徘徊。我渴求文学的滋养，才发现更多的是渴望个体生命的意义和价值。我因为热爱生命而热爱文学，也因为热爱文学而更热爱生命。可以说，文学让我变成真正的人，使我在人间重活了一次，并且脱胎换骨。它这样嵌入我的灵魂，融入我的血液，进入我的骨髓，从而改变了我的整个人生。它带给我的是人生的思考，世界的眼光，它带给我的是飞扬的想象力和丰厚的情感，它带给我的是人性和灵魂的高歌。文学不是一瞬间打动我的，而是细水长流，源源不断流入心田。

大学，我陆陆续续写了几首诗并投稿，《雨水打湿了铁轨》就是那时候获奖了，我很欣慰，自然而然以为这是久违的属于自己的文学才华的证明。大三的时候，我认识了一位文学院的师兄。他向我讲述了他的诗歌，他说“诗歌要有属于诗歌的张力和整体性”。他还参加过《星星》诗刊的一个青年诗人夏令营，让我心生向往。在他的影响下，我从主要写散文转向写诗，并开始迸发出强烈的创作欲望。后来，受师兄影响，我来到了深圳工作。他当时介绍了好几位诗人，霁晨、余真，让我有幸开阔了眼界，还有机会和诗人黄灿然交流并合影。经霁晨推荐，我的诗歌在《龙华文学》第一次发表。后来得费新乾老师赏识，让我有幸进入了深圳市龙华区作家协会，成为深圳龙华《民治·新城市文学》的“湾区之星”。今天这本诗集的出版，也离不开费老师的引介、鼓励和帮助。我常常感恩和费老师的遇见，让我对诗歌有一次正式的书面的深情告白。

仿佛冥冥之中注定了诗歌是我的情人，一步步地引诱我为它钟情。高耸的钟楼此刻不曾在我眼前，可我却已经能感觉到它的高耸。正如好的诗应该是一阵风，风迎面而来，你能闻到其中的气味，想象其中的颜色，尝到其中的滋味，以至于抖落一地的意象。现在想来，从高中时，自己就无时不在挖掘诗的意象、温度、气味、情感等，随时随地、断断续续地写，今天一看居然写了许多诗，虽然稚嫩，然而终究可喜。从今日起把自己这么多年写的诗好好整理一下发出来，做一番兀自的耕耘。

史铁生说："写作之终于的追求，即灵魂最初的眺望。"而我迷失，不断地迷失；寻路，又不断地寻路。上帝给了我一场雨，不是为了本该有的使命，而是让我停下脚步，给我和诗歌一次美丽的邂逅。诗歌，晶莹的你，纯洁而澄澈，你是我的知己，我看到了你眼中纯粹的泪，你也看到了我心中的寒冷而滚烫的泪，你是苍天赐予我无限慰藉的灵魂， 如一场惊心动魄的爱情，我们互相清楚地看见。我爱文学，在高中单调的三年里，它给了我一种生活的诗意和生命的流动起伏，思索重生。它使我对生命充满诗意的希望。

如果问自己，想当一个怎样的诗人，为什么当诗人，以怎样的生命姿态去写作的话，或者写作是必要的吗？首先，我想写作是必要的，我不能离开它，当作家是因为从小到大对文学的热爱，由心而发的兴趣和爱。既然我从心底里热爱写作，我就要有一个信念，我想记录我眼中的世界。尽管渺小，但依旧有力量，当一个像虹影一样的女作家。我曾在日记本上写：我生来就是要当作家的，我又有什么好自我怀疑的呢？我爱它就不应该怀疑我对它的爱，也不需要证明我对它的爱。因为这爱已深入骨髓，刻骨铭心，无法言喻，还有什么可怀疑的呢？我爱着写作并一直坚持着它，就只需要知道这件事。最使我矛盾不安又徘徊不前的，就是我该怎么写的问题。这是一个永远值得探索的问题，也许要穷其一生。但没关系，找不到答案也不要紧，只要无愧于心，不辜负自己就好了。我想开始以想写就写的那种模式来记录和抒发我的生命。每周固定写，便会忘了自己每天一刹而过的所思所想。于是不知不觉写了很多诗。我喜欢写作，也擅长写作，我感觉我就是为写作而生的。我曾在日记里面写道：我有决心，我以后一定能写出一部很好的作品。不管以后是不是作家，作家这个名称也只是个称号，只要能有地方，有时间，有条件写写东西就罢了。不是每个人都可以成为万众瞩目、光芒万丈的太阳，有很多的人，他们的青春也许用在了自己喜欢的事物上。他们不断坚持自己心里的小梦想，勇敢创造属于自己的新天地。只要一直一直坚持着读书写作，不放弃自己简单的纯粹的热爱，虚心下去也是最好的。

如今，我成为诗人，这个目前为止让我觉得有点羞涩又惊喜的身份，仿佛是登山人前行的一根登山杖。登山人以群山为终点，却在路途中偶然到达了旅行的开阔境界，即使没有登山杖，他依然能抵达自己追求的群山。诗人也是，在写的过程中体会发现和成熟自己的风格，一次次抵达群山的开阔，发现自己的局限性，与自己的局限性作斗争。

诗人雕刻群星，探索脑海中宇宙的浩渺，抵达日常生活内部的精确，收藏人类如流水般婴儿式的情感和表达潜藏在表象之下的亘古的精神疑难，却不会以词句标榜权力，借助灵魂欲求肉体，显现出分外狰狞的面孔——明明比谁都更肤浅，更庸俗，更孤陋，还以此身份为荣。所以对于诗人这个身份，我们需要保持警惕，警惕深渊的凝望和红尘名利的侵蚀。同时，它在我看来只是单纯的名称而非身份，如果是名称，我更愿意把诗人称为“捕风人”“守塔人”“持觚人”“藏象征”“捡碎影”“偷眼泪”“镜（尽）孤独”……所以，诗人的身份并不需要隐藏，正如登山人不会藏着他的登山杖，所有的身份，都是寻求自我认同的拉康之镜，其实本质上，诗歌走向人，观照世界。诗人不需要以身份标榜自己，也同样，面对万千世界，他们的眼里都不是以身份来区分，他们的眼睛探测黑夜的脉搏，他们的头脑理解社会的深度，他们用柔软的脸庞贴向生活之墙粗糙的表面，他们通过结构和意象的一次次破裂和重建抵达人类生存的本质。

时代的内卷性不会让诗歌陷入紧张的混乱，也不会走向理想化的清晰，诗人是时代的幸存者，诗歌把我们从内卷和喧嚣的时代打捞出来。诗歌的未来会走向更深刻的自我反省、自我批判、自我怀疑的审视和表达，追求语言的透明和活力，沉潜和创造觉悟的意象，浸润于返璞归真的情感，永远以自由为基础，灿烂而孤独。

目 录
CONTENTS

辑四 清晨与夜晚

辑五 深记甜铺

辑六 纺着春日的碎浪

辑七 那晚的面条的香气

辑八 时间的蓄水池

辑一

我渴望你的目光如雨水般倾泻

雨水打湿了铁轨

你睡在抽屉里

偶尔抽动人们的甜甜的呼吸声

偶尔抿嘴偶尔吃糖

偶尔看雨划破你眼睛

月啊月

何必声嘶力竭

我要把你消散在高山河海之间

可又在某个黑夜

用手轻轻地把你合在胸前

这火车一路都将洒下我的泪

你看那夜里

雨水打湿了铁轨

我的身体会化为泥土

土地上顷刻间长出植物

然后葡萄树上可怕的虫物

叫声渐渐清楚

随着时间的驰动

我变成了清晨

刚收割后的

成群的玉米地

诗意的灵魂哪能消磨

诗意的灵魂哪能消磨

今夜

一旦

下过小雨

开闸——

就是决堤

瀑布群的欢呼

了　结

了结不了
无法停止的雨
它用自己的音乐缝满了
我寂寞的日子

了结不了
昨夜里的冲动
像一块虚构的石头
投进湖里

了结不了
那么多的破碎
在湖面上
播撒出遗憾的空间

了结不了
你凝望的眼神
把自己的热
藏进清凉的雨夜

相依为命

当沉默的翼翅扇动时

一场大雨

从街道注入彼此的心

熟悉和陌生

有什么区别

仰着头走的人

低着头走的人

眼睛里的雨，无限明亮

此刻什么都不适合

只适合倾听

一切的命运都已被领受

让人想到车站——

同陌生的朋友一起待在小小的屋子里

会不会有那么一瞬间

有一种相依为命的

感觉

所有夏天的诗句都带着热气

所有夏天的诗句都带着热气
而雨水让我宁静
你那双被诗书浸润过的眼睛
让散乱的日子成为永恒
牛乳色的轻雾
各种植物蒸腾的生猛的气息
葳蕤繁盛，蓊蓊郁郁
温馨的黑夜，我能猜想这个
季节的每一种芬芳馥郁
香草和灌木，泡桐百合风铃和茉莉
我能幻想出
每一个甜美浪漫的瞬间
雨后湿湿的幽暗的流光
流露夜晚的芬芳
绿草绵绵处
身体被温凉甜甜的晚风
所包裹拍抚，雾气氤氲

深藏底层的生命一时

被呼唤起来——

雨下再久没关系的

只要是随着雨声的持续和时光的流逝

能离你越来越近就好

大雨持续冲击我表面的浮躁

大雨持续冲击我表面的浮躁

凉热之兑冲中

闻到秋季的触须

秋以雨作裙

预谋一场盛大华丽的

金色舞会

几场雨，入土蕴藏

秋日之酒

森林醉醺醺

想买一张机票

去往一个陌生之地

住上十多天

然后所有的记忆都如天光云影

攒聚透明的水坑

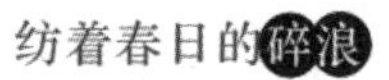

我渴望你的目光如雨水般倾泻

一个平凡的雨夜

潮湿的风来临之前

我渴望你的目光

如雨水般倾泻

你张开了嘴

说了一句话

没听清

只记得你的翘舌音

吞吐了无数的泡泡

你成了鱼缸里的鱼

寂寞的阴影一闪而过

四月的风

四月
我睁开眼的新生
我多么渴望——雨后
那时树木将显出
越发葱绿的自己
空气融合着凉凉的水分
正翻天覆地驱赶着热气
风显现出他最温柔的触摸
还未出门就已经感受到
他幸福的畅快
风起的夜晚
那些数不清的诗句在枝头摇动
雨水在风里化成了春日清晨
最清凉的风
树叶的窗帘挡住平滑的夜色
花朵拥攘，灯光下
所有的风都敞开了自己
以美好的回忆作为甜梦

在雪竹径躲雨

看植物如何恣意地饮水

看雨珠如何在地上跳蹦

看叶子时不时点点头

表示热烈的欢迎

一切的哀伤

似乎都倾泻下来

雨中适合沉默

正如地铁口沉默不语的恋人

流下的眼泪

想起以前

在乡下听雨的日子

也是下雨天

我望着雨

想一些关于生命成长的事

迫于哀伤的窒息
我想把清新的空气藏在罐子里
这是一场暴雨
雨声如此熟悉，院落似曾相识

植物们似乎永远也没有老去
后山苍翠，山坡上的几棵树
以天空作背景
谷地幽深

我藏在一所废弃的
房子里，落叶遍地
而思乡之舟却已经
流渡这场雨

到了
我童年望雨的地方
童年永远的仰望
我欠雨一个浪漫而诗意的正名
雨的突如其来
生命力的突如其来

古树斜倚在院落

侵占我的视线

在树的背后

我多么希望有一个人出现

她胖胖的，矮矮的

端着空碗，脚边跟着小黄狗

笑吟吟地走来

给我陪伴，给我爱

树倾泻自己充满故事的叶子

如同她倾泻自己的爱

她背着手，望着雨说：

天老爷，多下点雨哦

而我只是想

雨是天空的眼泪

我并不想让天空难过

一整天

好不容易决定出游一整天
公交车外的大雨也下了一整天
接着车划破积水的声音也划破
陈年往事
单曲循环一整天

开窗，放滚滚的雨声进来
一推一拉的声响变换
可以替代收音机的调频隙间
雨水野兽般的情绪起伏
同你的欢喜交相重叠

想起有些日子里的张牙舞爪
想到年轻时
为着车窗外的某朵乌云而
高声呼喊
而今，你只关上车窗
任由雨声在外嘶喊

大地解开衣襟

大地解开衣襟
迎接夏雨
喧闹的夏季里
青春的天空
没有浮云

树伸向天空
它自己用一双眼
深深渴望着雨
风发出邀请函
它便用雨水旋转出
裙子的灵动

雨季像是个舞会
让女孩生出了翅膀
这个时候
多想用天长地久的独处
换一次偶尔的湿漉

辑二

去远山徒步

//

我就这样全身心地接受着

我就这样全身心地接受着
山下宁静的气息
夜渐深凉意渐浓
风带着水汽澄澈我的眼睛
住在我薄薄的手臂上
那夜我是一棵树
缓缓地漂浮在六月的雨里
那夜我是一棵树
把根忘在了那里
苍郁植物散发浓烈的香味
柔滑的鱼身，对一切的波动
都表达着惊喜
空旷的阴云轻轻聚集消散
而我就这样全身心地爱着你
爱生活一切的波动和平稳
任湿漉漉的雾气轻抚我们的肌肤
我们只留一次祈祷的晨暮

山坡上的奔跑

平平常常的工作日
偷来了一点去公园的时间
在无人的山坡上喂养自己
心里的野马
夜里的马只想奔跑
夜里的头发缠绕着丁香
夜里晦暗的树冠把光亮偷藏作酒
把某个风起的日子一饮而尽
夜里的山坡收敛起自己完美的弧线
敞亮的坑洼在夜色中挺直了自己柔韧的
腰身，托举落叶和落叶飘零的晨
悠悠的明朗在一次次奔跑中让自己
茂密如初
早晨，一切好像都没有发生过

去远山徒步

翻越是一场敦厚的忍耐

峭壁的粗砺和温厚常常让人真诚感叹

道路明净而宽阔，山水激越而沉寂

轻灵的雾气中涨满清凉的幽静

山的额头使人着迷

我们躺在灵魂的独奏声中

承受猛然而彻底的涤荡

鸦声荒芜而深沉

短暂的仓皇，长久的循环

茫然而贫瘠

风轻易地打开了

罐子里储藏的惊呼

初坐索道

贪恋于绿意间的迷醉
风划开僵滞的云

日光，穿透湿绿色的香气
枯瘠的根腐烂在河流

潜入瓶中，我裸露在崖石的对面
枝头的叶子按压过平滑的前额

双眼升起，苍翠的瞳孔
颤晃着晶莹澄白的水面

群鸟如一个白色逗号
停顿，从一眼游走到同一眼

这静默而轻巧的移动，悄悄抖落
一整个半山腰沉重的惊慌

中心公园

赤足轻踩几块温热的晚石
水流声轻易就装进了我小小的
心的杯子
芦苇和野草嚼食着所有的思念
它们喂养着一头叫初夏的野兽
绿色的枝条缠遍了他的身子
他存有午后透亮而斑驳的光纹
在他的绿色心脏，虫鸣和月圆一起升落
草地上，我抚触着他滑滑的绿色的肌肤
让所有的夜色都流入他的眼
夜晚，在中心公园
所有树木的情欲都在流淌
所有的心意都在相通

也许这就是生活

进入森林秘境
窄窄的路挤出高大的树丛——
被掩盖的何止是
偷挂起来的小野果
杂草的老根
开裂的树皮温热的厚茧
纹路细流成河

如果你出门
从树下走过——
层层叠叠的树叶
的确有
断裂的叶齿撕咬破洞的叶片
被遮蔽的阴凉源自某阵风的恩情
“也许这就是生活”

每个现象或者自然形式的背后
是否都可加一句
“也许这就是生活”
才能说明生活的广阔

植物的名称

满山遍野的小羽白伞

踩着远山的线条

升起又降落

灵动之姿，足以让我

一眼陷落，足以让我

起身弹跳

植物的名称

只是名称，何必急于知道

一棵树的品种呢

我们且欣赏它亭亭独立的风姿

拔地而起的勇气和独特

树干洁白如玉，瘦削而挺拔

你甚至就可以给它取名

你要学会获取命名的勇气

酒后的雾

森林的雾气如森林之吻

而明朗的弧线正如森林的嘴唇

雾醉了，而山醒着

雾轻轻拂过山尖

似乎没有比这更重要的事了

一切都会散去

一切都会消失

山川寂静

近处波纹

在远处是无痕的

二月傍晚散步

总有

通透明亮的日子

一切的阴影

都恰到好处

月圆悄悄把自己悬挂

在傍晚蓝色的画布上

再轻盈地落下洁白的光泽

揉进

山中丁香花中

一切的植物纷蒸着白日的余热

它向黑暗袒露着自己

正如鸟儿把情歌

一路播撒在纵深的小径上

凉意夹杂着泥土草木的味道

从黑暗的松林里慢慢上升

包扎在季节里受伤的缠绕

落叶松跳动小春之恋

慢呼慢吸的鸟鸣轻轻

小土松松，深绿的夜在蓝色的墨水里面

沉寂

凉风习习而来

有很多我难以察觉的变化

享受这夜色是一种畅意

山野小见

我从七娘山下来，踏步而行
前是日落，后是月——
像极了我的生活状态
厚涂的色彩令人奋进
也不忘记，在背后清冷的月里
沉静的夜间，所沉淀下来的自己

下午的阳光
总会赋予风景一种幻觉
那是意义之神的光照
不可靠的先验理性
反思，在体验之后
比拒绝体验的架构空想更重要

晚来的云山

晚来的云山

深蓝且迷人

堆积起某个深邃的眼神

在这个巨人之眼的注目之下

我转过身，慢慢走入

黑暗的梦寐

树和树抖落一地的空白

瘦削的路向一切敞开

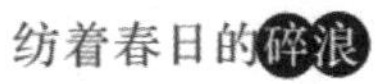

孤独的瀑布

当孤独的瀑布从你惊醒的眼神中流溅

被珍贵的黄昏浸湿了你努力编织的衣装

棉花在旷野中藏着风洁白的韵律

形状如此柔软，破开的哨子

从中飞出一只白鸟滑过你眼神平静的湖面

带着你的眼神深邃而悠远

雨云聚散间，云剥落了墙的虚空

沉郁的透明，自由的光彩

跳动的深绿色绑着最焦灼的泪水

取消一场航行，以燃烧相思的名义

湿湿的百合花

流光澄澈

清晨的百合之舟

荡漾在春风中

幽然之香生出的薄翼

在山坡泛白

层层水瀑

在日夜的冲洗中

跳跃出最纯净的白石

素净之爱

如此坚韧

傍晚散步

新割青草猛烈的味道是
绊倒我夏天的田茬
微微的柔和的光亮
让人回到某个岁月
悠久的小屋
记忆的光线
充满暗示性

选一家店
慢慢等待天黑
慢慢等待雨季漫长
之后的晴朗
慢慢等待光亮柔和的云
被光影染成一天中
最温柔可爱的模样

城市和商铺

在夜幕中开启最期待的舞会

公交车一辆接一辆

十字路口的人流和车流

交替不歇

某棵树在晚风里轻轻

点了一下它瞌睡的头

炫目的光线占有一切

炫目的光线占有一切
强烈的风卷走
一切停滞的云
凉风压倒我时
故作的姿态显现于
一场翕动

野竹以弧线蓄积力量
关于生命的历险仍在上演
房屋的碎片覆舟而下
根抵深处的井
嵌入风中的瓦砾
作响

我爱散步

我爱散步
我偏爱走一条林荫路
树木苍老的膝下，胡须可亲
晚来的云山，深蓝且迷人
堆积起某个深邃的眼神
在这个巨人之眼的注目之下
我转过身，慢慢走入
黑暗的梦寐
树和树抖落一地的空白
瘦削的路向一切敞开
散步就是让脚下的路
和蜿蜒的精神沟壑
重叠在一起

我爱上了一种行走

我爱上了一种行走
黄昏的油锅里煎炒所有的隐秘
和融融暮色充分流溢

在这个大地上
谁不是两脚双桨，在风中游荡
你得在你的心中有所栖息
才能无所谓别离

你自己无法归属你自己
你的漂泊又有什么意义

辑三

以风之名，轻轻吻你

//

亲　吻

你走在我的目光里
沉甸甸的语词久积在山腰的云烟
被风强有力的手掌推开——
海的轮廓镶嵌在你的贝雷帽中
寂之浪翻散了我万般煎熬的轻松
阳光环切着我的惊慌
树之影无限亲吻着我的眼睛——
或早或晚
深山的群星将回答我灿烂的安静
为你，所有的风都带着清凉的讯息

冻耳朵

冻耳朵是一个爱情故事
没有一个冬夜
风不扯着我的耳朵，他
顽皮地拉我的衣角，抢夺
我偷藏的春天
仿佛是被宠爱着负重前行的孩子
旋涡像扣子，随时包裹我，吞没我
没有一个人接受他这样
猛烈的肆意的爱
接受他慌张的性子
他收集，偷取，霸占
只为在一瞬间让人冥想他热烈的
出现，轻盈的消失——

恋爱是

恋爱是
你的声音像春风一样温柔
你的嘴唇和新叶一起被春天吐出
雨露滑过你的脖颈，深深地呼吸
潜游在嗅花香袭来的鼻子下
心肺太温暖了，风
不忍心冷却你的手掌

想找一天轻的日子
熊趴在草地上
从你眼睛
虔诚的山坡，滚下去
神秘的泥土如何使你
馥郁的灵魂，生长，凝聚为
寂静的蓝花丹，蓝色的微风
吹过旷野，逃逸的天空
坦荡的哭泣，是一场碎雨
细细的欣喜

初见日

清晨

捉住一只

樱花下正在奔跑的谎言

浓绿成群

倾斜的树影一直漾到

被云所爱的忧伤

午后栽种的阳光

正孤苦地漫步

眯起眼睛，蜜色的真诚

粉色的枝头

窜出天空狡猾的蔚蓝

在狭长的停顿发呆

夜晚晕晕乎乎

潮水般的空气透明至凛冽

回过头来

原来只是热切地爱了一个镜子里的你

今夜风起

雨后的风
总吹漾起情思的涟漪
不小心踩碎了
你留下的天光云影

落叶湿泥
冬天何必冷清
小径里柔软的红色松被
来找你的路上
每一步都漾起爽朗的笑声
今夜风起

回 头

如何让风回头
如何让春天迟留
如何让蓬松的树冠长久守候
我的名字 能不能让你回头
和第一缕晨光出发赶往海边
无比鼓荡自由的海浪也在频频回头
因为自己深厚而洁白的羽毛
海鸟以优雅的脖子频频回头
海风倒立，把所有的柔软都给了
斑海豹的出水的泪眼，明亮的梦境
陡峭的梦境附在白鲸的悠游
和海豚出水和落水的潇洒琴奏
多少次的停留，才能换来在海里畅游的你
一次深情的回头

以风之名，轻轻吻你

柔软的夜晚呼出一颗青草的心

月亮轻轻地移动

月之光纺织着轻盈的云

潺潺爱意从这个晴朗的夜晚流出

蟋蟀在草丛中匆忙赎身

波纹用水的翻滚写着打赤脚的快乐

草尖挠着脚尖，寂寞悄悄蹲伏

转瞬的幸福也是永恒的幸福

夜晚

以风之名，轻轻吻你

爱情稚嫩，诗歌肥美

结束了

又没有结束

午后的阳光使万物纯净

每个洁白的夜晚都想在每颗洁白的牙齿后

偷藏风的舌头，坦率，裸露

一声声喘息，通向词汇芜蔓的道路

猫的瞳孔，从墨绿色的窗帘后窥望着

黑影——统驭在镜中，破碎在淤泥

猎手四处追逐，老鼠肚子里所有的歌曲

日子清脆，爱情稚嫩，诗歌肥美

我重重跌入马群

感受到

孤独的分量

结束了

又没有结束

有些人要相聚了

春天的傍晚

飞机滑过裸露的天空

忽明忽暗的机翼脱云而下

他说有些人要相聚了

的确，有些距离像光洁的荒漠

日日裹挟着缄默的颤动

长夜沉浸，琐碎的激流早已拒绝

眷恋潺潺的汇聚

那些甜蜜的滚落

入水的清欢

远行的波纹

漂浮的叶片下丰腴的哀愁

月光有多柔软，稻田就有多辽阔

此刻真正的想念在飞驰

而恋爱中的人常常有

呼之欲出的悲悯

再看一眼

再看一眼
我就把傍晚的风还给你
连同酥饼的香气和皎皎月影
滚烫的厚弥粥上铺开一页宣纸
我仅仅读到一个字

再看一眼，仅仅只一眼
一眼过后，清晨的梦会推开我
旋涡之中一把刀掉落
沉重的日光
蹒跚而去

再看一眼，湿漉漉的地面上
你久违的脚印
清晨的镜子里的蝴蝶和远山
你白衬衫的泥迹
镌刻细细铜纹
请让我再看一眼
直到泛滥无形的梦寐

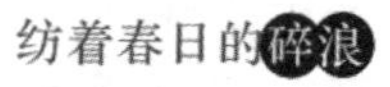

春天的爱情

春天以她的耀眼
汹涌我们的脚步
我把秘密告诉春风
让春风藏进你的耳朵
你扯起我的衣角
像掀翻了一片海浪

清晰的秘密

与爱人相拥而眠
猫在旁用温柔的眼睛注视着我们
我们只能感知一方的花开花落
深山的杜鹃已经完成它自己
爱人从屋外探出头来
猫从屋外探出头来
五月，我将牡丹的梦藏在枕头上
书像一盏盏灯，在黑暗的雨夜
照亮所有内心的坎坷
火花从城市上空蹿出
雨天，双子塔也憨厚地将自己裹在被子里

爱就是问对方

爱就是问对方
问青草的色泽
问草丛中你眼里掉落的银针
是否刺穿你薄弱的肺
问叶子的形状
是否盛满婴儿的啼声
问雨后街灯的亮光
是否迸射过流逝的暗语
问岑寂的山林深处
小溪是否依旧潺潺
问昨夜你心的碎裂
问石头缝里的黑暗
问你在庙宇的安睡
问久旱的枯井
是否有雨露倾注
爱，就是主动去问
爱是什么

爱，就是有人在问
爱是什么

女孩请停止索求爱

女孩

请停止索求爱

停止找寻虚妄的

充满爱意的证明

生命中自然有无法把握住的涟漪

有窃窃私语的萍藻游鱼

你也只在目力所及的

悲伤里叹息

所有的风都是你内心的轰鸣

春风走过的地方

绿意盎然的大地

暮春之时

蝉声在绿林间自由流动

眼睛把自己慢慢望向天空

更深邃的地方在灵魂

辑四

清晨与夜晚

//

早晨的嘴唇

美丽的肩胛在沉睡中
漏出她松弛的呼吸
弧线轻盈，弧线中山谷的冷风
响彻细长的河沟

我承受着你那魅惑的狂暴
眼神，在樱花树间
露水摊开自己真诚的心脏
有力的根，曾有过在泥土深处
孤独盘桓的梦
用春天青草的肌肤
铺好大地的床褥

早晨的樱花是早晨的嘴唇
饥饿的谷地燃烧满眼的绿色
溪涧是舌尖的湿意
浓黑的睡意中绵绵的爱意
直到早晨的嘴唇把整个二分之一的
亲吻都给了三月

从春天的亲吻中醒来

褪色的玻璃泪水汹涌

涩涩的帆船平静游走

愿你的每个清晨都饱餐着露水

细听车流声间杂着鸟叫声

真是美梦一场

沿岸的黄花风铃木呼吸着

河水的芳香

雾气鲜亮着美人的眼睛

湿答答的回南天

在一切可预知的暖湿气流中

我用冰冷的等待

公开一场悄悄在角落的哭泣

温暖的风包裹我

用它安静的哭泣

用黑夜的潮席子包裹我

清晨睡起

清晨睡起
听见鸟声如水般
淹没了我整个身体

小松果一定还没开放
玫瑰的花苞，露水的凉被
梧桐和青草都已苍翠
此刻才有的晨雾
此刻才有的沉醉

此刻想你是
打开门
鸟语和风一起
扑面而来

此刻想你是
春风一夜
玻璃如水

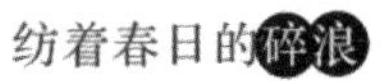

清晨的面膜

枯黄的灯下，客栈奶奶在清晨

敷着面膜

地面的水光清冷

经久的躺椅因年华剥蚀

门口的早餐店

她说，远行之前，总要汲取一些

脸颊的温度是

温热之后清凉的感觉

人生清冷，初秋的水汽

在密林深处集结

水雾弥漫，偶露山色

红色绿色的老式热水瓶还有

小橘猫

在身边打着盹

清晨的冥想

瘦小的灵魂在清晨冥想
消散被蠹鱼啃噬已久的夜晚
瘦小的期待，单薄的雾
窒闷玄秘而裸露的肌肤
这最初的孤独难免清澈

柔软的树枝，清冽的香气
蛊惑我浮动眼睛里的湖
落下深存的二月初的冷雨
从脚尖到心脏的每一个滑坡
被浸湿的马儿倔强地猛冲
恣意野生之马
备受折磨满身瘢痕的马
以凶狠的眼睛觉醒而凝视
为了通抵峡谷，成为王
他在巨峦下的荒野释放自己苦闷的缺陷
他攻击象，在荒野中寂静的象
完美的象
秩序的象群
不畏惧的眼神

马儿疲惫了，安睡了

他的呼吸真实而沉稳

他的脸庞被阳光抚触

浩荡的旅程

足够消耗他年轻狂妄的心

清晨

我暂时哄睡了我内心可爱的小野马

一场早雾

清脆的铃声从远处传来

城市里清澈的雾睁开他蒙眬的双眼

远远瞥见巨大的骆驼——塘朗山

雾打湿了他的胡子

酣睡在城市之边

阳光轻巧地散落

青草的盆里盛满光泽

饱餐之露

滑溜溜地滚下山坡

鸟鸣从阳光的隧道滑下来

落入空旷的街道

冬日里的一场早雾

大自然珍藏的新年礼物

啊——

雾中的城市

怀抱中的婴儿

深夜的眼睛从来不凝视我的心

深夜的眼睛从来不凝视我的心
夜色只会抓上我的脚，淹没我
情绪的刺痛感遍布我的全身
每一寸肌肤都为此燃烧
这时我渴望一场深夜的大雨
流走街灯，渗透地层
像语言，蓄势流回原来的地方
抵达深喉，无须用力
无须着急于任何形式的逃离
无须知道流浪从来都是固定

黎明到来时，怎么还会看见早雾
不过是寂静一片的眼泪
流动的水，突然流着
不过是没有方向的逐流
雨夜支起无数镜片
供我无所顾忌地凝视
明火越是熄灭越是清晰
清晰到每一栋大楼的每一个毛孔的
每一个亮光

清晰到单身女子睡衣上的

蔷薇花纹，桌上的荔枝皮

摇摆的落地灯

清晰到我通体透明

心中唯有泪水潺潺

三把长椅

晚风倚坐，三把长椅——

万物的皮肤下暗流涌动

长柱为证，拂过蓝棕色的夜晚的日子

偷取你明亮的长矛

不自觉，将绳索挑落，扯断

并结束一种凝望的姿态——

三把长椅，清脆的银苹果

枇杷叶的翅膀和忠诚的黑漆

拉长，弓断而弦发

藏在西瓜籽里的黑夜

藏在西瓜籽里的黑夜
稍稍沁凉
我见你时所燃烧的火热

预谋一场夜雨，让你躲闪不及
哪怕你只为我
停留一刻

几小时前
怆然发现
墙上的细纹
汲取我的欲望延伸

玻璃碴子和鱼骨头一起平躺后悲伤的哽咽
足以翻卷起无数个无数激动都已绝迹的雨夜

一个敞亮的夜晚

沉痛沉睡了一地

开满簕杜鹃的山坡

常温下我烤着花的影子

晚风摇落一地的月光

花香馥郁

身旁敞亮的爱人

多么美好

试着允许

试着，倾听太阳光

一场眺望汩汩流出

双目温存，悠游的风沉浸

在暮色中，试着

允许自己愠怒，允许

虚妄的微凉潜入深秋，缀满灯光的

褐色之夜，凌厉的车流

允许，让自己的创伤愈合

青霭晨光，湖中温柔的漩涡

无须张扬也无须隐藏，允许泪痕

那刻印悲伤的谷壑，允许手足无措

允许一次次撕裂的诀别，毫无声息的结束

允许洁白的背叛，允许那藏起的

苦涩的衣领

夜色深邃

我已尝过城市各种滋味的晚风

我想去夜里畅饮

我想去夜里畅饮

让我那在幽暗之处发了霉的

醉醺醺的寂寞

红在脸上

每日的夜雨浇灌的全是孤独

每天戴上耳机如同打点滴

白天黑夜都没了踪迹

谁料

一头栽进荒草丛

小虫在攀爬

而夜，在我的脸上涂满厚厚的泥巴

我决定在夜里放牧自己的灵魂

我决定在夜里放牧自己的灵魂

贴着影子的街道

笑盈盈的树叶

城市的脉络

清凉的风亲吻我们的眼睛

寂寞咬住了月季的嘴唇

十字路口

都是

迎面撞击的孤独

南方的群星坠落全宇宙的车流声

流浪猫滑过自由的栏杆

此刻，守夜人掉落了他的棍子

醒得恰到好处

醒得恰到好处

才有可能得见每天的日出

金黄的日光初绽

深绿色的纱幔后

深绿色的植物园

奔跑的朝阳从高楼旁斜探出头

孩子们的目光如水光

道路初醒，行人策马奔腾

斑马线

路牌

夜晚，所有街道的箭头都通向梦境

燠热的夜晚是一场梦境

燠热的夜晚是一场梦境
此刻的风仿佛是从喜马拉雅山上
吹下来，清凉带点狂妄

绿色的核桃包裹壳，月亮
悄然安坐湖心，繁茂的植物
在两旁成长，我穿过树丛
穿过幽暗，夕光温柔
蝉声高鸣，青核桃高挂
繁华旧梦一场新

辑五

深记甜铺

//

岁月之弧

岁月之弧，悄悄滑过城市
呆坐的风
如此，云的红色心脏即刻
跃动在马背苍劲的线条之上
热闹欢腾的日子回弹着啾啾之鸟的寂静
腰身单薄的日子，悬挂着湿漉漉的杏果
柔软的白云
这天空的坚挺的胸脯
从不拒绝为无助的人类提供憩息
直到揉平了，所有灵魂的褶皱

日出梦境

当黑夜不断触探我荒凉的身心

日出在一日至寒中伸展属于她的丰盈

灰色的轻纱笼罩着光亮旋出

涂抹在太阳的嘴唇

猫衔露而来

隐秘而美好

觉醒的孤独，觉醒的爱情，觉醒的死亡

在我的心头蹲踞已久

猫的下巴还滴落着温柔而清凉的水啊

在枯黄的轮廓模糊的城市

我要任由我的梦境生长

冬夜之豹

追踪风之翼的夜色之豹
月色突击一只猛兽的眼睛
华灯之上
海风刻印的掌纹——
神之手，握住沙之井
缠绕之星，镂空了一场
未抵之浪，火之浪
烙烫一个生活的真相
俘获一场冬眠——冬雨的季节
不期而遇的
尖塔之上的梦的滑动——
一场破裂之梦，在冬之
温雅轻盈的潜伏
这寂寞的温雅的季节

二手旧货市场

我常流连在二手旧货市场

目睹，木头的死亡以雕刻为荒原

浸没在尘屑中，窥见精美绝伦的线条

噩梦般的骨架，颤巍巍交出一颗

光滑的心脏

谁在轻巧地磨刀

切割岁月经久褶皱的外壳，露出

完美的弧线在山峰间弹跳

反复的迁徙，饱受辗转之苦

谁还记得初次发芽，露水清凉叶汁饱满

叶片窸窣，探测暗夜的脉搏

如今，堆积的姿态

只留永久的枯坐

城市的饰品

骑行穿梭在灿烂的午后
落叶比我更早开启了它
降落飞行的姿态
红风铃木花
跑向城市
率先占领南方稍微光秃的街道
花倚花而笑，树叶悄悄拼出发热的字母
栏杆上婴儿的小背心和发旧的床单
女人的针织裙和学生的校服
搭在街道的心脏
广场上，众人联合，散开透明的衣襟
珍珠光泽的日子，亲吻
城市的饰品，流动的浪漫

十二月在公园晒太阳

十二月的忧郁从树冠摇落荡漾

十二月的风吮干我薄弱的嘴唇

十二月的阳光射击我，我闷声倒地

他刺穿我的后背，追杀我痛苦的神经

锤击我的右脑，折叠我的脊柱

破开我的血管，裹住我的眼睛

此刻我听见风声忐忑

阳光汹涌奔腾

我躺在河床

任由河水拍打我

有什么东西充当了气球

挤压着我的脸

谁留了一头赤红的长发

风掀起了他，我知道

对恐惧的驯服使我失声

睁开眼睛

白云是天空的黑巾帕

为蹲踞在我心头的野兽擦泪

城市的夜晚

半夜十一点

把自己锤得很扁很扁

铁环一样跌出民治地铁口

哐当一声，入座满街灯火通明的商铺餐馆

几个湿透的后背

锄头扎进地里

深夜的水果最甜——

十块钱一筐的蜜橘摊

穿着背心约莫六岁的小男孩

用手机认真拍着蜜橘的照片

停车场的老板还在谈着生意

车流声，叫卖声，鸣笛声

城市的音律如此深情

生活的发动机

总善于制造各种琴弦

很难对任何的曲子

形成任何的判断

鸡蛋灌饼

溶溶夜色中

饼在狭小的灼热中完成他自己

被遮蔽的明亮向道路敞开

整洁的眼睛，灵巧的双手

用吱啦吱啦的香味

喂饱我的胃

才明白

鲜红的蘸料在黯淡的日子的

不可或缺

犹如逃离，犹如

呼吸到远方的空气

蛋，一次次灌满饼

正如把空空的寂寥

灌满生活的香味

正如独居时到天台晾衣服

发现各种衣物轻盈地在蓝天下飘着

正如刚刚放下书

走进喧闹的大街

告　别

深圳

很多人都在渴望小镇

黄昏时听绵绵钟声

而很多人不过只是匆匆路过小镇

夜里狼狈地坐车仓皇回去

小镇只有成为记忆，继而成为渴望

小镇微笑，沉睡又醒来

我可能也只是他挥手告别的其中之一

隔 绝

城市里的花可以开得
川流不息
似乎永远没有冬季
它的摆放完美得无人欣赏

烟熏妆说着炊烟的假话
呛人的方言颤颤巍巍等待红绿灯
购物袋里的荷花苞
逃离喧哗的淤泥
奄奄一息

每一个花店
邻近每一个花店
每一寸思念
邻近每一寸思念

如果不想出来见我
那你又放下长长的爬山虎干什么
夏季——
蝉声被炖在高压锅里

餐　厅

幸福地围坐，一口锅
迢迢赶赴，久别重逢
孤独的锅也是沸腾的锅
是鱼的纵身一跃
独自，顺流漂下
骨头啾啾，鸣唱整个灵魂的苦楚
泛潮的羽毛，掉转了整个箭头的方向
酒意过后，都是混同一色的喧嚣
和寂寞的翻浮
黑暗的对话中
孤独在丰腴

如何在城市独处

如何在城市独处——

只要找到一棵茂密的大树

一个充满绿意的角落

那时的夜色和车流一样安静

晚风吹过

树影如心底涌起的泪水

我望着那枝条

春风的肩膀

瞬间跌入

春天花香晕染的呼吸

那些租来的房子

在城中村找房子
像一道伤口向纵深的
阴暗处舔去

一间房子
是从湍急的人群中
捞起自己的网

房间里面是我的海浪
我的阳光
流窜的野兽
早已在我眼里死亡
小小的空间支撑着我度过
整个季节雨水的储藏

那是我最满意的房子
却只住了一个夏天
窗外绿荫森森
有绵长的铁轨
火车经过，房间的脉动

和震颤，像一个陪伴的承诺

还有宽敞天台

足够

你一次次地摊开，晾晒

婴儿的哭声和黑夜的眼睛

让未织好的黄毛衣线团散作一团

我爱我租过的每一间房

每一次搬家

我都想把自己压缩成一只耳朵

把黄昏时刻楼上楼下所有

左邻右舍的

谈话声，做饭声

装进我寂寞而透亮的胸膛

深圳北站

如此柔和的一朵云

却盛载着无数种别离

仓皇的眉心

从高处的囊中取出少年的飞扬跋扈

已经因为记忆的疼痛

而变得浮肿

你扛着条纹大包而来

谁轻拂去

你背上的月光

几杯相聚已成旧

一瞬间汇集的

所有菲薄的抗争

越来越紧凑于一种启示性的灯

一碗鱼汤

清晨盛装出席
民治农贸市场
你的喧嚷我的
日复一日的涟漪
最平常的蔬菜，在遇见你
之前，曾有最惊心动魄的
颠簸和历险
根须的泥土味
土地的瘢痕
一袋袋新鲜的豆角
曾因露水之梦而饱粒
摇晃的豆腐，日夜的韧性
点卤人至柔的碾压
露出头来的芹菜和小葱
将鱼身浸入生活的冲洗
汤好之际
你我身心合一

深记甜铺

轰隆隆的热

像一条鞭子

噼里啪啦甩向大街

有人跌落，有人逃窜

有人遨游花心

捧着花心的碗，花瓣纹裸露

一把紫色、绿色、黑色的豆粒

在糖水中，开启了属于

妻子的浪漫旅行

美术馆观画

傍晚的天色如此恬静而透明

暗淡轻盈的薄纱

编织一场旷古的等待

从深海捞出的线条，恣肆高傲

巨大之帆——鱼的眼珠

靠着短暂的凝视

我们彼此交换了梦境

并映照了整个码头

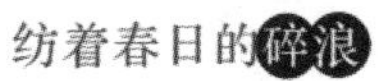

白石龙公园漫想

我知道了

有一种

石头里的温度

就是时间的礼物

白日的余热慢慢攒聚在石头深处

温热渐渐传递，我们也彼此深情

虔诚地躺在上面

蝉鸣声，蟋蟀声分外明晰

左动脉，右动脉分外明晰

始料未及，山峰的轮廓

傍晚的夕光

被池中的巨龙吞吐

直到梦境成真

清凉的石头被举上观景台

金埔岭的山脊

披裹一件翡翠绿的披风

光芒四射

路边摊

路边摊
我小小的心安
香气和味蕾作祟
流窜黄昏接管的街道
变本加厉的炎热
稍稍体谅了烟火不耐受的人间
夜色温柔
叫卖莲子粥，奶茶，红糖糍粑冰粉的
小推车上
瞥见两个名字
一见如故
和偶然相爱

默会一种单纯
确认一种守望
城市中的诗意
如水流潺潺
手入水中
柔顺清凉

高铁上写诗

这样的晴天已经不多

一觉睡醒，抬眼就是满眼的蓝天

有无限广阔的茫茫平原，直到远处群山若隐若现

白云飞速流淌，只匆匆一眼

到头来还是广阔的风景的治愈

使我遍体鳞伤

然而还有勇气

景从平面走向了立体

我在高铁上写诗

穿过群山

一抬眼就是一个意象

一转头就是一个灵感

一亮光就知道一个迷网

白天黑夜都没了踪迹

而我终于把绳一点点磨断

眼泪滚烫不已

也许今日

我们都感受到了

疼痛的感觉

我们互相凝视

像是互相注入能量

赤脚的飞驰

脚尖的触碰

路面是那么可亲

天空的肚腩是那样柔软

挡不住——

混凝土车，沙石车

特种罐式车，冷藏车

及各种大块头

带有某种神谕般

开滚起来

尘埃落定

鼓胀裙子的风

被路面孤独地炙烤

烫成两行热泪

天台晾衣记

每次到天台晾衣服
都会受到一次不小的震撼
风中和着干干净净的味道
日子贴着日子
格纹床单贴着印花床单
字母床单挨着草莓熊卡通床单
白色床单拉着牛奶绒床单
深灰色床单里面还藏着个卡通猫头棕色床单
绳索拥有着被占据的快乐

澄澈的蓝天里
我惊叹着穿行于其中
冬日里的阳光得意扬扬

人们是多么需要他
冲动的风早已偷藏在被套中
那儿鼓鼓，这儿甩甩
复原精妙绝伦的弧线
烘干积久的潮湿

浸渍于温润的十二月

好几次我觉得自己也成了床单

即便固陋之鸟一次次往返掠过我斑斓的梦境

也可以从风中偷得十分之一的生命力

辑六

纺着春日的碎浪

//

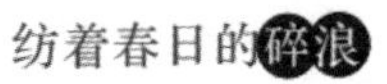

纺着春日的碎浪

谁在用影子纺着春日的碎浪

秋日的焚烧只是一场光焰

谁在用阳光迷人的转圈

凝聚森林的脉搏

抚摩海浪的声响

叶浪浮光，风的裙摆独立飘曳

在悲伤与欢乐之间的镜子

只为自在的芳息弥漫深思

在春日，做个儿童

用对海浪的呼唤

纺出一张捕住时间的网

春光四溅

春光四溅

天空光滑如镜

在脚下伸展的绿意

融成一片

含情的胚芽在春天薄薄的喧嚷中

化成水样的清风

溅起的日子独享风流

生命的节奏练习

以怜悯为前奏

闷闷发亮的树干在日子的淘洗下

化作一本春天的诗集

去看海

在一个爬行动物的胃里

抖动挤压自己的鞋

意识颠簸如浪

肿胀的手指抚触沉重的额头

石头湿透

手臂上镌刻的红方印即刻消散

骨骼在夜里悄悄释放爬行的讯号

安宁舒缓的流水

继续注入耳膜

在陌生的窗外清醒

喘息着海的重生

每次海风一吹

生命里共有的疼痛

与悲欢，突然都安静了

回望的一瞥

呼唤的声音是风的玩具

却足以闯入大海的中心

海浪的形状是爱的形状

燃起晚霞瞬间痴狂

你的额头我的海湾

被解救的白昼流入我相思的澎湃

晚来又不禁颤抖着我收回的双手

再一次抛出我笨拙的沙砾

冬日，以它的寒冷为忠诚，赐予我

为爱失明

秋日白鸟

我从未料到
一只白鸟会在此刻与我相遇
灵动的白，一滴忍耐的甘露

只有你肯来，访我
秋日，释放无边的澄蓝
夜里，落叶以泪之名
储藏果子酒

我愿你是个饱满的人
我相信你曾在夜里偷偷地哭泣

为　了

人在田野踏歌
为了雨后的寂寞
树在远山等待
为了秋天的凋落
泉在石罅流泪
为了大海的辽阔
花在月下哀怨
为了宿命般蝶的冷漠
船在水上游弋
为了划桨人的懒惰
草在黄色中绝望
为了土地的瘠薄
只有爱在颓绿中泛红
为了夕阳的流水如波
诗在流波中撑船
为了人的庸常生活

沐　浴

白毛巾，白猫，白色连衣裙
甚至你皮肤上
蠕动的白云——
马的喉咙，寄存深厚的雨水
长久的暗晦，永恒的迷离
深重的雾气从林中纷至沓来
浓郁的灵魂有着如玫瑰般的触感
白茶、棕榈、椰油、月桂醇
蔓生的庭草在满园月色中
散发着最透亮的亲密
平滑的水面，围拢漆黑的夜色
舌尖浸湿入水的胳膊清圆

深圳的云

柔软的白云
让我有拥抱的欲望
像蓬松柔软的蛋糕
是我睡觉的枕头
纯洁而轻盈
明亮的心灵在蓝天光滑地飞翔
呼吸着夏天透亮的宁静

云痴醉地在山峦边
斜靠着
森林的叶片飞旋
叶面波纹的晃亮
和同样缀满光亮的云朵

清风把轻盈的梦
舔进云里
夜晚的余晖
匆匆滑过水色

纺着春日的碎浪

阳光弹奏着我的影子
池塘里害人眩晕的
碎光，被耐心地拥抱
我的手臂柔软如枝条
爱看云
因为云是自由的
自由地思念
自由地遇见

我想占有一个梦

如果夕阳的云彩是一个雪糕

甜甜的滋味扎染出无数的翅膀

黄翅膀，红翅膀

发亮的翅膀

此刻若捡拾作棉絮

并企图占有一个梦——

草木松脆，河床冷冽

鸟入银铃，风作舟……

辑七

那晚的面条的香气

//

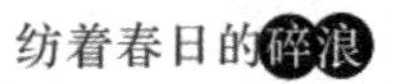

果实的诞生

我们在夏日的清风里
寻找绿色的果实
每个果实的诞生都是一次惊喜

抬头，凉风迅疾
寻求一种坦坦荡荡
依偎高高挂起的小青果
砸进一匹马栗色的眼睛里

与恋人在乡下

现在我在恋人的乡下房子

我们手牵手走过田坝

世界开阔得不像样子

柔软的土豆，天真的鸡鸣

人们是田野的画笔

塘堰是山林的光影盒

蜡梅花香味中

我未曾尝到春寒

留下吧，把你们洁白的羽翼留下吧

我要把内心的藕一节一节

全部袒露出来

并且以污泥为想象

盛满洁白的空洞

成群涌动的绿

长途大巴外
阳光下成群涌动的绿
你的眼底安静如初
一只鸟飞出
山峰的轮廓——
只要看到
哪怕一点点
便觉心安

到站
如豆粒剥落
一颗种子的心悄然回归大地
泪水充盈，植物繁茂

一闪而过的遐想

看了无数眼远方的小房舍
有红蓝房顶的小房子
那时所有自然的灵气和你一起醒来
整个农田
刚割过麦子
有人带着青草味刚刚归来
有人带着某个田野上某粒麦子的
清香刚刚离开
而我想象着你见到我的某个表情
你轻轻地一皱眉，我想起了
湖水荡漾的涟漪
你清澈而天真的眼眸
瞧你那连黄鹂都没见过的样子

一条乡间小路
长长的白色乡间小路
在蓝天下向你的心胸敞开
还有栏杆上粉色的床单
为什么世界如此可爱——
湖水可以分割蓝天

黄色草帽的爷爷骑着自行车

遇到红色棉袄的朋友

两位老友刚刚分别

炊烟

篝火

一闪而过的湖泊

大地上的千万只眼睛都有蓝天的影儿

佝偻在绿田里的爷爷

手里的菜，将是黄昏降落时

那晚的面条的香气

致阿佳

这温柔的风
造就的温柔的女子
烛光将近，为你哼起
小茉莉

公园的长椅上你不在那里
落在我手里的柳絮
似乎也在你的手中停留过
湖面无法向前
直到你走过的时刻
树摇着你的心绪
它的时光是你的来去

卤香和辣子还缠绕在那个亚热带的黄昏
夏夜小广场
想起在北方的刺槐下燃起的青草
夜晚洗过你的头发的清香

再到你的眼

蓝色泳池

风漫过我们的脚丫

小阳台，你的目光像阳光

向我洒落

后　坡

我积弱的情感

如清晨的一摊积水，空凉今日之梦：

破窗断木，一层又一层的锁扣

风和我一起抽着烟

烫出一场诗歌会

和梦想的一样

大家逐一起身如玉米秆

成群的玉米地

朗诵自己的诗

每读一句

玉米的芯粒就饱满一次

直至年轻的诗人长满后坡

灵魂的力量肆意滋长

小旅馆

山下的清幽被我盛进了一个玻璃瓶里
我们待在小旅馆

从来没有哪个夜晚这样值得我怀念
和你一起走过的路
还饱蘸着葡萄藤的露水
夏的凉
久别重逢

如此难忘的小旅馆
不是因为夏的凉，而是因为你在我身旁
如此多情的小旅馆
也不是因为你在我身旁
而是因为清晨我们又会各自流浪

夜的凉
缠绕而上
我们甚至盖上了白色被子
听你的声音，如听雨声潺潺
竟觉得一夜之间，窗外的杉叶会纷纷下落

把人生啊逆旅啊统统埋葬

我住过无数个小旅馆
也蹚过很多次如流水般夏的凉
离别的车站就在不远
而我们从来没有悲伤
离别是记忆的偏爱
重逢是夜里的灯光

访 友

友人在乡下，她的房子

楼顶有仙人掌，门前有丝瓜棚

炊烟的味道朦朦胧胧笼罩在青山之中

小路绵长而壮美，沿河的植物

都在幽深中敞开自己，最朴素的香气——

泥巴，砌成小屋在山上积蓄着阳光

玉米粒晒得饱饱的，黑暗的润泽

流过，暗处的水声和蝈蝈

直到流向初开山野的晨曦

温和的光芒散播曲折盘桓的公路

穿梭于竹林，田野，草木之间

掀开古老的帷幔

方言在山间绵延

思　乡

墙壁没有褶皱的皮肤

光线从不暗沉

风的鼓翼是一次次

灯火的舒卷，永久的颠摇波动中

从零乱的水域中辨认越来越

软弱的獠牙，日日期盼

时间在各个部位

默契地击拊，那是

夜晚最后的欠身

梦境由此开始

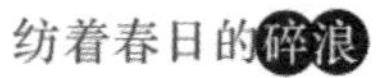

我随风徘徊在堤岸

轻轻淡淡漫漫散散的云

你有何时不撩人羁绪?

昏昏沉沉安安静静的树

在孤独的黄晕中睡去

月牙儿

卧眠于浅蓝色的地毯

暗暗的天际线

唯有无言

我随风徘徊在堤岸

柳枝抚触我的脊背

温柔的形状在中流搁浅

孤岛的飞鸟

的确时时刻刻

都在思念——

有人随风徘徊在堤岸

生命中的一处静流

切开黄昏的河流
血液，用宁静的天空作画布
热气穿孔，妄想
侵蚀了我的石头

多想找到
生命中的一处静流
深潭见底，眸光潋滟
切开河流
河流的血液干涸

骨骼上的行走

没有谁比它
更熟知我身上全部的痛点
并且孤绝地
抖动，弹动，抽动，敲动
充满惊喜的攀爬轨迹
是一次蓄谋已久的
漂浮
海浪起伏，拍打岸边
直到抚平你身体的每一处痛

它攀爬我的脊柱
像是在走一条长长的乡间小路——
一种拖拉机的声音
嗡嗡声的夏天
此刻我只想做一个泥人
一阵扭捏过后
头发纷纷逃向青草——
我躺在田野上
我和大地已有肌肤之亲

扫院子

扫院子，晒麦子
晒三天，铺开，摊平
成竖成行
看着金黄的麦子在正午的阳光下
重生一颗炽热的心

好想躺在麦粒上
再去田野上刺激地穿行
白日的余热是时光的记忆

只要你认真听，便会有很多种声音
很少灯光
只有月光
狗吠是常有的
还有水山一色的倒影

辑八

时间的蓄水池

//

时间的蓄水池

我常在时间的蓄水池中打水漂

尤其在正午划破一道道明晃晃的水光

暗流进出的声音对此呼应

倏忽而过

无数场雨蓄积着我的丰盈

并不长久

完整的来去只是来去

为那明亮的反射

鸟和鱼

这些扮演的过客

还有那些止不住的眼睛

某棵树的倒影

世界在每一片叶子上写下绿色的诗句

清风一过演唱便会响起

而我喑哑、细碎、谋杀、切割、无比平静

滔滔的，我从丰盈

到留取一瓢饮

干涸还未降临

而我早已老去

岁月沸腾

每次醒来，都像在等待一次水开
直到将不清醒的昏沉沸腾
才慢慢滴下床来

她分不清是把开水装进了壶里
还是把自己装进了壶里
她储藏自己生命的热量
只为等待温暖一个人的胃
一个人的肺
再到心

生活就是一次次灌满开水
一次次灌满生命的力量
上上下下
灌满了岁月

交换时光

旧得不能再旧了
本来就像旧时光在缠绕
现在更像佛经里念念有词
全然是郁悴的绿在我的心头作祟

那开衫的绿颜色现在已寻不见了
绿色如青草一样呼吸
纯粹和暗淡相依
独特正可注解我的心灵
居然心动
我偷偷穿了妈妈的
绿色毛衣
“妈妈舍不得扔”
那天黄昏
远远看妈妈小电瓶车的灯光——
我一天之中的另一个小太阳
光闪过的刹那
看见妈妈身上
穿的是我早已不要的绿色卫衣

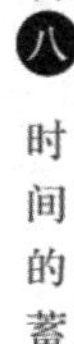

“你穿着妈妈过去的衣服

妈妈穿你的衣服”

偷偷地

我们交换了时光

黄昏时刻

从很长的林荫道穿行

阳光描绘出树的影子

你的手可以轻轻抓住风的头

弹一首歌

只不过

这首歌所有的琴弦

都用车轮按压

再侧过身拨动所有桉树的白树干

这时夕阳的光泽是琴身的颜色

一起陶醉黄昏时刻

树成群的像流水一样朝我脑后流去

你的声音一圈一圈锁扣住我

逃离的心

我们的时光郁郁葱葱

从郁郁葱葱里吹送出几首曲子

时时刻刻都在送别郁郁葱葱

时光流转于绿叶间

细水长流

你每天都在看电影，这样也好
你离开这个世界的时候
或许以为自己是在电影中
你安慰我，“这病要是融入细水长流的
日子里啊，煎熬和难受都是翻倍的”
我想到那件冬日里的红毛衣
用生命持续的热情编织
轻轻一拉就散了

每一种药的颜色都是那样好看
它们包裹晚霞包裹海浪包裹百合花香
即便浸透于充满不确定性的药学气味中
直到平常的散步
平常的燥热晚风
在一个平常的小摊摊
我用整个孱弱的生命买了两杯鲜榨橙汁
一杯给我，另一杯给过去的自己

一万年

流浪不是我的归宿
我的归宿在方寸之间
我只依恋一切旧的东西
我喜欢睡在旧沙发和毛地毯上
伸手，弓腰，试探和瞬间移动
我喜欢凝望一切我怀疑的事物
我善于释放我的歌声
即使很嘶哑并且重复
但是它醇厚，有趣，仿佛是从地底下
传来的脉动
我深谙大地之声，并且知道
凝望是我一生的事业
晴天我黄粱一梦
雨天我听雨眠
偶尔清醒时独自参透人生的意义
我孤独我贪睡我娇痴我亲昵
我唾弃那中世纪或其他世纪留存下来的谣言
我只热衷于尝过的各种鱼罐头滋味
还有之后的神圣洗礼
躲藏是我的天性

我用我灵活的骨骼隐藏一切

但是对你的爱意我出自真心

且毫无保留

你的掌心就是我的睡枕

我如此贪恋你的气味

并对一切的新的气味敏感而着迷

我不占有你，只陪伴你

我摊开我柔软的小肚腩

爱你到一万年

分　秒

分秒的争夺聚成乌云
和大风一起刮走我的日子
走过一棵树下风一过
我的叶子我的青春就这样哗啦啦下落
寒来暑往，抬头一望，我就空了

等 待

有一种天桥上的等待
是踏水小跑过后
是雨雾弥漫过后
是吃了一口蔓越莓饼干过后
是用闭眼来遽然停止喧嚣那刻过后
是书架不停推移书籍散乱一地过后
一次平常对白的期待
“来了吗”“来了”

人们对路的眷恋来源于
一种云样的想象
游荡不是归宿
而是假装拥有归宿的存在
从北到南，从南到北
一直到所有的爱长久止鸣
就这样
我掉头回去
并宣布路在我的脚下已不复存在
包括未来

遗忘是渐退的海浪

遗忘是渐退的海浪

唯一的风掀起我种种情绪

婚纱是苍白的

关系是易碎的

苍白的浓妆

停车场一辆又一辆在逃亡

灯光开闭之间，爱恨轮回已经千百遍了

午睡醒来的时刻

我很喜欢这种时刻

小睡片刻之后

出神望着外面的风猛烈地吹着树叶

我突然能凭一个瞬间

勾连回忆起相同的此时此刻

多少个这样的时刻，那种沙沙声

凉风吹拂的午后

刚从沉浸而静止的世界苏醒

我敏感于世界的一切变动

我喜欢我自己将醒未醒的懵懂时刻

正如我无法割舍

我将熟未熟的 17 岁

我愿将这种时刻称之为

“文学的灵光时刻”

“人生的独省时刻”

无限的光线融入房间

一切都照亮的时刻

猫咪醒来的黏人时刻

为青春之酒迷醉的时刻

一个我称之为无限接近神性和幸福的时刻

清醒而克制的时刻
我相信人愿意为之向上
为之感受，常常会滋生愧疚的时刻
对于过去的毫无羞耻的无限怀念
无数个时刻造就的我
也同样理解无数个时刻造就的你
并能拥抱你的每一时刻的蜕变和努力

谁会熬煎于时间的嘀嗒
纷乱的眉毛岔开一条街道
楼顶的风帆鼓胀着猩红的霞
太阳锤向我身体的石头
剖开部分灰色的年轮——
结束，抑或开始
一头牛的碰撞
单薄的车流和
极端的天气
让人从梦寐中清醒
某个少年
在曾经许诺——
谁会熬煎于时间的嘀嗒
奔跑在绝望的深崖

往　事

我常常坐在湖边

湖边也常常

坐在我的心里面

风偶尔也来看看

有时带来白云几朵

落叶几片

等一叶孤舟摇曳在白云端

那荡漾的微波又开始

在眼里忽闪忽闪

那季节天空咏叹着哀伤的调子

愁云惨淡，枯水无边

等天空换了一块澄蓝的画布

更觉得那调子凄远

像落叶一样的尘旧往事

又在哪一个秋天

被风微微吹起，惹人想念

两个油饼

想到我的生活
因为两个油饼而焕发生机

阳光猛烈而刺眼
在迷蒙的眼中
听见两个阿姨的对话

病好些?
好些了
今天早上吃了什么?
两个油饼

或许煎熬过后更懂煎熬过后的滋味

凝固的瞬间

今天下午出去
阳光刺眼而凶猛
修剪完路边花草
两个中年男人
被洗黑了皮肤
骑坐红色三轮车
装满红色的月季和杂草
一根沾满泥土的木棍子
与路面撞个响亮
我急得捡起来
追着跑着递过去——
有一个男人连忙说
“你把车上的月季花拿一朵吧”
多想于时间的牙齿的咬噬间
于耳朵的深井里储积的忧叹里
于蔚蓝的梦境中
拥有那么些个
凝固的瞬间

换　乘

对面绿衣服的你
吃着拉面
面汤蒸起雾来
雾里最好伤心

半夜
夜里的灯光还在洞穿你的眼神
你在火车站外
也不知谁会投入你平静的眼——
黑色的池塘
荡漾或喜或悲
或者咬牙切齿
又晶莹透亮的
涟漪

火车站最多别离
火车站最多伤心
我只背个书包
在夜里